एक लम्हा

श्रुति अग्रवाल

STORYMIRROR
Stories that reflect you

यह एक काल्पनिक कृति है । नाम, वर्ण, व्यवसाय, स्थान, और घटनायें या तो लेखक की कल्पना का उत्पाद है या एक कल्पित तरीके से इस्तेमाल की गई हैं। वास्तविक व्यक्तियों, जीवित या मृत, या वास्तविक घटनाओं के साथ कोई भी समानता विशुद्ध रूप से संयोग होगा।

प्रथम संस्करण: जून 2021

टाइप : कोकिला

ISBN: 978-93-91116-65-1

आवरण रचना: देवव्रत साहू

प्रकाशक : स्टोरीमिरर इंफोटेक प्राईवेट लिमिटेड,
१४५, पहला माला, पवई प्लाझा,
हीरानंदानी गार्डन्स, पवई,
मुंबई-४०००७६, भारत

Web:	**https://storymirror.com**
Facebook:	**https://facebook.com/storymirror**
Instagram:	**https://instagram.com/storymirror**
Twitter :	**https://twitter.com/story_mirror**
Email:	**marketing@storymirror.com**

ये किताब मैं अपनी ग्रॅनी

श्रीमती गीता अग्रवाल जी को

समर्पित करती हूं।

अनुक्रम

1. यादें

चलो याद करें
उन भूली बिसरी यादों को
जिनको रख के हम भूल गए
किसी तकिये के नीचे शायद
या किसी किताब के पन्नो में

चलो याद करें
उन छोटी-मोटी बातों को
जो छोटी थी पर सुख देती थी
जिन बातों को न हमने कोई भाव दिया
पर उनसे ही जीने का हौंसला मिला

चलो याद करें
उस दोस्त को जिसके साथ
कुछ हसीं पल गुजारे थे कभी
जो अब नहीं बोलता हमसे
फिर भी हमें याद करता हैं
चलो याद करें

2. सावन

चहूँ ओर हरियाली छाई
मन का मोर आँगन में नाचे

पड़ गए झूले अमवा डाल पे
पपीहा शोर मचाये

उमड़ घुमड़ के बरसे बादल
तन भीगे मन हिलसाए

बूंदे टपके उसके बालों से
गालों को सहलाए

सावन में जब पिया घर आयें
तो मन हर्षित हो जाए

3. जाति

उसने तो सिर्फ जाति-प्रजाति में बाटी थी दुनिया
उसका नाम ले-ले के न जाने कितने मजहब बना डाले
इंसा को इंसा के खिलाफ कर डाला,
न जाने कितनी गोद सूनी की
न जाने कितने घर जला डाले
धर्म के नाम पे सिर्फ नरक कर दी है दुनिया
इंसानियत पे चलती तो स्वर्ग हो जाती

4. सन्नाटा

कितना सुकुन है अब,
कि अब कोई इंतजार नहीं
सन्नाटा कब्र सा फैला है
कि अब धड़कनों का कोई शोर नहीं
यादें भी अब नहीं दस्तक देती उसकी
आदत पड़ चुकी है अब तन्हा रहने कि

5. शब्द

शब्दों की मिठास से दिल जीते थे तुमने
शब्दों की कड़वाहट से तुमने तीर जिगर के पार किया
शब्दों से ही तुमने निशब्द किया था एक दिन
शब्दों के ही शंखनाद से तुमने हाहाकार किया

शब्दों की गूँज तुम्हारी पड़ती है सुनाई अब तक
शब्दों के तुमने मेरे नहीं कोई मोल दिया
शब्दों से ही तुमने मुझको जीता था एक दिन
शब्दों से ही तुमने मुझको एक पल में हरा दिया

6. सपने

सपने किसके थे,
किन आँखों ने उन्हें देखा था
क्या फरक पड़ता है,
जब टुटे तो बिखरे ही होंगे
बटोरते फिरा करे उम्र भर
समेटते अपने आँचल में
नए सपने नहीं बुने
फिर टुट जाने के डर से

7. जिंदगी

जनाजे को हमारे काँधा
जब इतने लोगों ने दिया
आंसू फिर न रोक पाए हम
कब्र में जाके पता चला
कि कितने दिवाने थे
और जिंदगी भर यूंही
हम तन्हा फिरा करें

8. जज्बात

तस्वीरें बहुत है तुम्हारी लेकिन
इनमें वोह बातें नहीं
पलों को कैद तो कर लेती हैं ये तस्वीरें
पर वोह खुशबू, वोह अहसास नहीं हैं
सिसकियाँ मेरी ये सुन नहीं सकती
क्योंकि इनमे वोह जज्बात नहीं हैं

9. आदत

ये आदत नहीं अच्छी
जमाने भर को अपनाने की
पतझड़ में भी आस बहारों की
सूखे में सावन की फुहारों की
जमीं पर पाँव नहीं रखते है हम
बादलों पे सैर करते हैं
जो मिलता है अपना लगता है
कोई गैर क्यों नहीं मिलता

10. वक्त

सब जानते थे हमें
पहचानते थे हमें
फिर भी आज भूल गए
वक्त वक्त की बात है
मुस्कुराहटें थीं
खिलखिलाहटें थीं
खामोश है आज सब कुछ

11. कहना

अपनों से हो या गैर से
हम सभी से करते हैं
सौदेबाजी के इनतेहा ही तो है
लोग भगवान से भी करते है
जितना दोगे उतना मिलेगा
उससे ये कहते फिरते हैं

12. सियासत

फायदा बहुत है ऐसे ही जीने में
फिक्र क्यों हम करे जमाने की

तरसें जो तरसते हैं एक निवाले को
थाली हमारी भरी हुई हैं

तन पे एक कपड़ा उनके नहीं तो क्या
अलमारी हमारी भरी हुई हैं

सियासत भी उनसे ही खेली जाती हैं
जिनकी जेबे खाली हो, पर हम को क्या
हमारी तो जेबें भरी हुई हैं

13. पराई

क्यो आज भी बाबुल मेरा मुझको मेहमान समझता हैं
क्या दर्द परायेपन का हैं कैसे मैं समझाऊं उसे!!

आज भी मैं सोनचिरिया उसके आँगन की
क्या हुआ जो चाहकाऊदेश पराये को!!

माँ-बाप मेरे तो क्या, मैं उनकी बिटिया तो क्या
सोच तो वही पुरानी है कि बिटिया पराये घर ही जानी हैं!!

14. बात

हर एक शख्स में हर बात नहीं होती
कभी आम तो कभी कुछ खास नहीं होती

क्या हुआ फिर जो ये दिल आ जाए हर एक पे
मिलतें तों हैं पर मुलाकात नहीं होती

जिन्दगी की दौड़ में थक के जो गिरे
हाथ वोह थाम लेते तो ये बात न होती

15. बेटे

लेटा एक बिस्तर पर
ताकता उस छत को
और सूनी दीवारों को
झांकता उन अनखुली खिड़कियों से
जो अक्सर अब बंद रहती हैं
सांस लेता उसी सीली हवा में
सोचता कुछ भी नहीं अब
गिनता हर पल कि कौनसा आखिरी हो
न जाने किसका इंतजार
जो ये आँखें दरवाजा तकती हैं
बूढ़ी जर्जर हालत में अकेला
मैं अस्पताल में पड़ा हूँ
बेटे तो मेरे चार हैं...

16. आईना

आईना अब नहीं देखते
खुद से शर्मसार हैं अब
दुसरे की आँख की नही
पोछ नहीं सकते हम कभी
खुद अपने आप से बेजार हैं अब
जमीर अपना रोज ताने देता है
खुद भी बिक चुके
और हम खरीदार भी हैं अब

17. आदमी

सच पे अब पर्दा पड़ा है
पाप मुँह खोले खड़ा है
बिकता जमीर ठेले पे
बाजार हर तरफ लगा है

कीमत बहुत कम है
नमी अब बिलकुल खतम है
झूठी तस्सली पे
हर आदमी जी रहा है

काटोगे गला जो दूसरे का तुम
स्वर्ग मिल जायेगा
एक दुसरे से ये कह रहा है
फसाने अब न होंगे

शीरी फरहाद से
हर राह चलता मजँनू
लैला से ये कह रहा है

18. खत

आज हाथों से अपने मैंने खत लिखा है
तोहफा इस जमाने में प्यार का तुझको दिया है
कागज और कलम का साथ माँगा
वक्त वक्त की बात है
पाया था मैंने तुझको
जैसे मोती सीप में हो
खोया है आज सब कुछ
वक्त वक्त की बात हैं

19. लफ्ज

हर एहसास को लफ्जों का रुप दिया है
हर शब्द को उकेरा अपने लहू से
तुम्हे आँखों में भर के खत पूरा किया है
इसे पढ़ के तुम मुझे महसूस करना
जिस तरह हर पल मैंने तुमको जिया है
डाकिये का इंतजार अब नहीं रहता
जमाना एसएमएस औऱ ईमेल का है
पर आज हाथों से खत मैंने लिखा है

20. अहसास

ये अधूरे पल का अहसास
ये इंतजार क्यों है
किस बात से मिलेगी
इस दिल को ठंडक
मैं मुकम्मल हूँ अपने आप में
इस बात का अहसास हैं
फिर मुझे दूसरे की जरुरत क्या हैं

21. हमराह

हम दर्द बने फिरते हैं
जब भी मिलते हैं
दर्द महसूस करें तब जाने
राह में सैंकड़ो रोज मिले
कोई हमराह बने तब जाने
हँसो तो सब साथ हँसते हैं

22. मिलन

पलकों पे आँसू टिके से हैं
जैसे बादल अब घिरें से हैं
बरसेंगे जोर से दोनों ही
जब मिलन की रात होगी

दामन आस का न छूटे
जुदाई कहर बन के न टूटे
खुदाई भी न रो दे तो कहना
जब मिलन की रात होगी

अँधेरी स्याह रात में
बारिश की बूंदों से
चेहरा चाँद सा चमक जायेगा
जब मिलन की रात होगी

23. काफी

इक सर्दी की शाम
कुछ दोस्तों का साथ
और एक कप काफी
खुशनुमा माहौल, गप्पे शप्पे
वोह ठहाके जबरदस्त
कुछ आशिकी की बातें
कुछ बातें बेतकलुफ
और इक, कप काफी
काफी कि महक प्यारी थी
कि दोस्तों कि दोस्ती
जिन्दगी महका गयी
कुछ पल हसीं बना गयी
और इक कप काफी
काफी में बना क्रीम का दिल
जिसे तोड़ते वक्त भी दुःख हुआ
फिर भी बेदर्द कहते हैं... क्यों?
मुफ्त मिले तो क्यों न पी जाए
और इक कप काफी...

24. वोह

जब सर्दियं में कड़कती ठण्ड होती है
तुम्हारे ही ख्यालों को मैं ओड़ लेती हूँ
सूरज की पहली किरण में
नहा लेती हूँ तुम्हारे प्यार से
दोपहर की धूप जैसी यादों को
करवटे बदल के सेक लेती हूँ
श्रृंगार कर लेती हूँ
तेरी सुरमई शाम जैसी मुस्कान से
लो रात फिर से आ गयी
अब तो बस चाँद का हैं इंतजार
वोह जो आये तो चाँद रात हो गयी...

25. दोनो

मजा नहीं इस बात में कि
हम कहते रहे और वो सुनते रहें
ये तीर नैनो के एक तरफा चले
अश्कों से अपना दामन भिगोते रहें
राह पर अकेले यूंही चलते चलें
मंजिलों को ढूंढे अकेले दर बदर
थक के बैठे यूंही पत्थरों पर रहें
मजा तो तब है कि
दोनों कहें और दोनों सुने
तीर नैनो के जिगर के पार होते रहें
तेरे कांधे पर रख के सर
अपने आंसुओं से उनको भिगोते रहें
साथ तेरे चलें जब भी चलें
मंजिलों पर पहुंचे तो हाथों में हाथ हो
थक भी जाएं तो ये गम न हो
एक दूजे की बाहों में बैठे रहें...

26. फुर्सत

फिर फुर्सत के पल दे दे मौला
फिर कुछ गिट्टे फेक धरती पर जाऊं उसके रंग
फिर कुछ कंचों की आवाजें कानों में पड़ती हों
फिर सिकड़ी की उचक फांद में रस्सी कूदू सबके संग
ऊंच नीच में भूल के सब कुछ कर दूं इस दुनिया को तंग
फिर बचपन के दिन लौटा दे वोह दिन पल छिन का चैन
अब जो पायें, तो रखूंगी सारे अपने संग
किसी मोल न देने वाली मैं फुर्सत के पल
फिर फुर्सत के पल दे दे मौला, फिर फुर्सत के पल

27. तेरी याद

आज फिर से तेरी याद सता गई
ओस की पहली बूँद से जैसे कोई पंखुड़ी नहा गई
सर्द हवा का झोका बगल से निकला हो जैसे
कानो में फिर तेरी आवाज सी आ गई
वो गर्माहट ही तो थी तेरे होठों की
जो फिर से इन गालों को सुर्ख बना गई
ढूँढ़ते फिरते हैं तुझको रात दिन
तेरी याद फिर से मुझे दीवाना बना गई...

28. आंसू

आंसू भी साथ बहाओ तब जाने
जिंदा रहने को तो सब तैयार मिले
साथ मरने को चलें तब जाने

29. फेसबुक

फेसबुक की जरुरत क्यों पड़ी
जब लोगों को दोस्तों की जरुरत लगी
पास वाले तो इतनी दूर हो गए
और दूरवालों की कमी खलने लगी
चाहे दोस्त एक हो या हजार
सच्चा तो एक ही काफी है
उसको ही शायद ढूँढने को फेसबुक बनी
फिर शिकायत ये कैसी और किससे
रिश्तों को तो इसने बाँधा है
जो दूरी थी उनको इसने पाटा है

30. महादेव

देवों के देव महादेव जब गंगा को
स्वर्ग से धरती पे लाये होंगे
तो उन्होंने नहीं सोचा होगा की
एक दिन वही गंगा उनको निगल जाएगी
प्रताप किसका ज्यादा है ये सोचने पे मजबूर हूँ
भगवान का या प्रकृति जिसको भगवान ने बनाया
जो श्रद्धापूर्वक जाते हैं वह किन पापों की सजा पाते है
काल का ग्रास उनको ही निगल जाता है
जो मंदिर दर्शन को जाते हैं
न जाने कितनी जाने जाती हैं हर साल
कभी कुम्भ में, कभी तीर्थ में
ईश्वर से मिलने कि इच्छा रखने वाले
सीधे उसके पास ही चले जाते हैं

31. एक हो जायें

सावन की फुहार में
भीगते किसी पेड़ तले
दूर इस संसार से
चलो फिर एक हो जायें
पत्तो से पानी टपके
आंसू में अपने मिलके
धोके सारे गिले शिकवे
चलो फिर से एक हो जायें
मन भी भीगे, तन भी भीगे
चोरी चोरी चुपके चुपके
एक दुसरें में ही छुपके
चलो फिर एक हो जायें

32. अकेले

अकेले ही आतें हैं
अकेले ही चले जातें हैं
क्यों फिर बटोरे लेते हैं
दुनिया भर के झमेले
किसी के छूट जाने का डर
मरते जीते दूसरों के लिये
अपने से कहीं दूर
खोज के देख तू
सम्पूर्ण अपने आप में
अपने मे ही छुपा है सब कुछ
प्यार दुलार सारा संस

33. प्यार

तब समझना कि प्यार हो गया
जब कमी उसकी खटकती रहे
उसकी याद में पल सदी लगे
हर कमी उसकी अच्छी लगे
हर बात उसकी सच्ची लगे
तब समझना कि प्यार हो गया

वोह जिधर, उट्ठे नजर वहीं
हंसी आये तभी जब वो आये
उसके साथ हर खुशी जाए
रुह को रुह का अहसास हो
जब भी वोह तुम्हारे पास हो
तब समझना कि प्यार हो गया

छुके भी छुने कि चाह हो
छोड़ना एक पल मुहाल हो
हर फोन कि घंटी उसकी लगे
एसएमएस कि पिंग अच्छी लगे
तब समझना कि प्यार हो गया

34. शोर

शोर बहुत हैं चारों ओर
कल कल करते झरने बहते
चहचहाहट होती डाली पे
भोर हुए मंदिर के घंटे
भजनों के स्वर चारों ओर
गुंजित हो भवरों का शोर
शोर बहुत है चारों ओर

पालने में गूंजती किलकारी
आँगन में चूड़ियाँ खनकती
वोह हंसी की खनक
वोह पायल की झनक
शोर बहुत है चारों ओर

घर में ल़ड़ने की आवाजें
चीख पुकारी चारों ओर
जब भी घर से बाहर निकलो
पीपी-पोपो का शोर
शोर बहुत है चारों ओर

वोही स्वर है वोही ध्वनि
फरक है सिर्फ पिरोने का
उन्ही स्वरों से संगीत उपजता
उसी से उपजता है ये शोर
शोर बहुत है चारों ओर

35. जरुरत क्या थी

छोड़ना था तो छोड़ देते एकदम
रोज नए बहाने बनाने की जरुरत क्या थी
तोड़ना था तो तोड़ देते एकदम
तिल तिल जलाने की जरुरत क्या थी
तुम्हारा जाना ऐसा लगा जैसे
आखरी सांस थी, वो भी अब चली
मुझको प्यार सिखाने की जरुरत क्या थी

36. इश्क

जमाने की निगाह में गुनाह कर लिया मैंने
इस बार जो अपने आप से इश्क कर लिया मैंने
औरों की कही बात पे अब भरोसा नहीं मुझको
मेरे दिल ने कही बात तो, भरोसा कर लिया मैंने
बुरा बनना बड़ा मुश्किल है ये जाना बुरा बनके
इस्तमाल जो कर रहे थे, इस्तेमाल कर लिया मैंने
सितम जो गैर करते थे, अपनों ने भी कियें हैं
खुदा सबको बचाये रखे, दुआ कर ली है अब मैंने

37. दूरियां

ये घुटन ये तड़प ये चट्पताहत ये चुभन
जिन्दगी में प्यार कर के और क्या मिल गया
साथ तेरा न मिला इस जनम, न उस जनम
दूरियां ये सहते सहते हम भी पत्थर हो गए
लिख के तेरा नाम अब अपने सीने पे हम

38. एक लम्हा

वक्त किसी का नहीं होता
गैर क्या अपनों का नही होता
रेत है बस फिसलता रहता है
यूंही खत्म हो जाता है एक दिन
पकड़ सको तो पकड़ लो वोह एक लम्हा
जी लो जी भर के तुम भी एक दिन
साथ जाने को तो जाता कुछ भी नहीं
छोड़ भी क्या सकते हो तुम औरों के लिये
बस वक्त की स्याही से कुछ यादें एक दिन

39. सच

सच तो यह है की सच कुछ भी नहीं
पुण्य और पाप कुछ भी नहीं
किसी का सच किसी के लिये पाप
और किसी का झूठ किसी के लिये पुण्य हो जाता है
जो मेरे लिये अच्छा है वह औरों के लिये बुरा हो जाता है
और जो औरों के लिये अच्छा वोह मेरे लिये बुरा हो जाता है

40. दोस्त

ये कैसा दोस्त मिला है मुझको
मेरा हो कर भी जो मेरा नहीं होता
जुदा हो के भी जो जुदा नहीं होता
वोह जानता है की वोह खुदा है मेरा
खुदा हो के भी खुद को खुदा नहीं कहता

41. मौसम

मौसम यूंही नहीं बदलता
हवाओं का उसमे हाथ होता है
दोस्त यूंही नही बदलते हैं
जमाने का उसमे हाथ होता है
बदलना जिसकी फितरत हो
बदल जाता है वो एक दिन
कोशिशें कितनी भी कर लो
फिर न दोनों का साथ होता है

42. दिल-दिमाग

इश्क होता है या नहीं होता
थोड़ा ज्यादा नहीं होता
कर सकते हैं आप जिससे चाहे
करवाना आपके बस में नहीं होता
फक्त दिल ही है जो आ जाता है
बिना सोचे समझे वरना
दिमाग से इश्क नहीं होता
अगर होना हो दीवाना, तो प्यार करना
होश में रह के वरना इश्क नहीं होता

43. ऊपरवाला

कहने को तो कहते है ऊपरवाला एक है
बाँट के लोगो ने उसे हजारों में रख दिया
जिन्दगी भर यूंही भटकते फिरे है हम
सजदा किया करे हर दर बदर पर हम
फिर भी न मिल सके उस खुदा से हम
जिस खुदा को लोगों ने कैद कर दिया
कहीं मंदिर में रख दिया कहीं मस्जिद में रख दिया
जो पाओ उसे तो पूछना उससे ये जरुर
क्यों अपने आपको उसने बटने यूं दिया

44. इश्क बेकार है

जो काम के थे वोह भी काम से गए
जो नामचीन थे वोह भी नाम से गए
वोह हसरतें, वोह आशिकी
वोह तड़प, वोह दीवानगी
कितनी दफा जीके मरा है आदमी
सब को पता है इश्क बेकार चीज है
फिर भी इश्क करता है क्यों आदमी

45. सरबजीत

काश इंसा, इंसा पैदा हुआ होता
न हिन्दू, न मुसल्मान पैदा हुआ होता
धरती के टुकड़े यूं न हुए होते
भारत और पाकिस्तान न बना होता
सियासत जब भी होती है मरता आदमी ही है
जीत जिसकी भी हो, 'सरबजीत' ही मरा होता

46. बहाना

बहाने यूं तो बहुत हैं भुलाने के
याद रखने का बहाना हो तो बता देना
रोने के बहाने तो लाखो थे
एक हँसीं का बहाना हो तो बता देना

जिन्दगी लाख बहानो में गुजरी
जीने का एक बहाना हो तो बता देना
चाहते हम भी थे कि, कुछ कर गुजरें
कुछ कर गुजरने का बहाना हो तो बता देना

गुजारे दिन जो तेरे बिन, न जीते थे न मरते थे
अब के छोड़ने का तुम बहाना बता देना
मौत आ गयी तो चले भी जायेंगे हम
उसको लौटा लेने का बहाना हो तो बता देना

47. नदी

नदी की तकदीर है यह कि वह बहती ही रहती है
रास्ते में न जाने कितने पत्थरों से टकरा के
उनका सीना अपनी कोमलता से छलनी करती है
उसकी कोमलता को उसकी कमजोरी न समझना
एक दिन ऐसा आता है कि वह सागर से मिलती हैं

48. मेरा भी

मेरा भी मन करता है कि छोटी छोटी बातों पर मैं नाराज हो जाऊं
कुछ मचलूँ कुछ मांगूं कुछ उचक फाद मचाऊँ
मेरा भी कोई लाड करे, मेरा भी श्रृंगार
मेरे नखरें सहने को कोई रहे हमेशा तैयार
मेरी हर एक चाह पर कोई हो कुर्बान

49. छोटा सा सपना

मेरे हर एक आंसू को ले हथेली पर थाम
मेरी आँखों को दे कई सपने रंग बिरंगे
मेरे साथ चले कोई मेरी बाहें थाम
मैं छोटी हो जाऊं फिर से जब हूँ उसके संग
वोह रहे सदा एक विशालकाय वट वृक्ष सा
जिसकी छाहत ले सो जाऊं भूल के इस दुनिया के ढंग
क्या पूरा होगा मेरा ये एक छोटा सा सपना
या यूंही भटकूंगी एक मृगमरिचीका सी
इस जीवन में मै अपने सपनो के संग

50. सरहद

देखा तो जाना सरहद क्या है
एक लकीर जो जमीन पर तो दिखती नहीं
पर लोगों के दिलों में खिंची हुई है
देखा तो जाना दुश्मन कैसा है
दिलों के बीच ये कैसा फर्क है
देखने में तो हम जैसा है
देखा तो जाना किस बात पर लड़ते है
एक जमीन के टुकड़े के लिए
जिस दो गज में हम सबको बसना है

51. मै

मै एक आम आदमी जिसकी जिन्दगी आम है
कुछ खास करने औऱ होने की चाह है
सोचते रहते है उम्र भर की क्या कर डाले
जिससे मुझे भी लोग पढ़ डाले
उस खबर में जो पुरानी हो जाती है अगले ही पल
देख ले किसी चैनल पर 24 घंटे लगातार
फिर सोचा की मैं न तो कसाब हूँ
न कोई इज्जतदार नेता
न कोई मीडिया में छाए रहने वाले अभिनेता
फिर कैसे लोग मुझे पढ़ेगे, सुनेंगे औऱ देखेंगे
फिर कैसे हम आम से खास हो सकेंगे

52. स्त्री

माँ, बहिन, बेटी, अर्धांगिनी मै
प्यार करो दुलार करो
जगजननी मैं शक्ति मैं प्रेम की अभिव्यक्ति मैं
न मेरा तुम अपमान करो
पूजा नहीं सम्मान करो
ऐसे समाज की रचनाकर
जिसमें हक से मैं रह पाऊं
आज मुझे तुम अभयदान करो
महंगी चीजों की सजावट से नहीं बनता
रहने को तो लोग भी रह लेते हैं
लोगो के रहने से भी नहीं बनता
दिलों के साथ रहने से बनते हैं घर
दिलों की दूरियों को मिटा सको तो बनाओ घर
घर ईंट पत्थर की चार दीवारी से नहीं बनता

53. किताब

किताब हूँ
मुझे खोलना तुम धीरे से
हर पन्ने को पलटना आहिस्ते से
मुझको पढ़ना तुम हौले हौले से
जब थक जाओ तो रख लेना सिरहाने
फिर उठा लेना जब नींद न आये
या फिर जब खाली पन घेर जाए
उम्र भर साथ निभाऊंगी
अखबार की सुर्खी नहीं हूँ जो
एक बेवफा सनम की तरह बदल जाऊंगी

54. तेरे जाने के बाद

जिन्दगी अब और हसीं होगी, तेरे जाने के बाद
न इंतजार की घड़ियां होगी, न जुदाई का दुःख
न फोन की घंटी घनघन, न एसएमएस की पिंग
न समाज का डंडा, न घर वालो का डर
न रुठने का चक्कर होगा, न मनाने का झंझट
न पिक्चर का खर्चा होगा, न नखरे बेवक्त
न अब तुझे छुपाना सबसे, न लड़ना सबके संग
जान गया हूँ अब मैं दुःख में खुश होने का राज
अब जो यह तन्हाई मिली है उसका लुत्फ उठाऊंगा
जिन्दगी अब और हसीं होगी, तेरे जाने के बाद...

www.ingramcontent.com/pod-product-compliance
Ingram Content Group UK Ltd.
Pitfield, Milton Keynes, MK11 3LW, UK
UKHW040028200726
13854UKWH00001B/424

9 789391 116651